시가 피다

책 만 드 는 집

시인선 197

시가 피다

두마리아 시집

책만드는집

시는 피血다

굳어진 혈관이 비로소始 피돌기를 한다

오랜 기다림에 시詩가 피다

2022년 6월
두마리아

| 차례 |

1부

2부

3부

4부

5부

1부

허세 폭포

사내는 눈물 쉬
보이는 게 아니라 했다

칼바람 땡볕에도
무심한 듯 허세더니

퍼붓는
장대비에 묻어
울다 시침 뚝, 뗀다

달

일 년 내내 오픈 런 개런티는 받았니?

명목은 주연 배우 배역은 들쭉날쭉

조연이 더 빛나는 밤 서글프진 않았니?

일 년에 전석 매진은 대보름 한가위

뽀얗게 분 바르고 환히 등장하겠구나

커튼콜 열광 뒤 허기는 깡소주 한잔 위안이겠다

잠언

사는 게 죽는 것이고 죽는 게 사는 거라고

내처 허방 밟고 낙담하고 있을 때

낙엽 속 헤치고 나온 어린싹이 일러주네

이름

행려병동 침대머리 불상남 1, 2, 3, 4·····
육갑 짚어 귀히 받은 이름을 잃어버렸다
축복 속
내어 걸었을
붉은 고추 금줄을

명함 한 장 내밀며 우쭐할 때 있었겠지
거친 수렁 헛디뎌 발 빠지기 전에는
헤엄쳐
나올 수 없어
뒤틀려 버린 사지

함몰된 머리 한쪽 제 얼굴도 몰라보다
맑디맑은 눈빛 다시 아기가 되어
이름을
찾아서 떠났는가
말끔히 비운 침상

천 원, 이천 원

신문지 펼쳐놓고 형광색 수세미 몇 장

웅그려 앉은 노파 손가락만 살아서

할머니 이거 얼마예요

검지를 폈다가 중지도 폈다가

스마트폰

나 없인 잠시도
못 산다는 손 놓치고

진공 속 헤매고 있을
네 걱정에 밤새웠지

빗물에 씻겨가는 기억
잡으려 안간힘 썼어

네 손때 그리워
돌고 돌아 왔건만

어느새 그 손엔
번쩍이는 최신 폰

사랑 참 쉽게 변하네
이식하고 돌아서 우네

꽃 피지 마라

희뿌연 먼지 속
부산한 왕벚나무

몽개몽개 꽃망울
바라볼 염치 없네

숨조차 쉴 수 없는 땅 다시 오라 말 못 해

종로3가

며칠 강추위에 얼어버린 탑골공원
허기진 사람들이 지하 세계로 모여든다
왕년의 허세와 체면이
빵 하나에 줄을 선다

싸구려 분 냄새로 촉수 세운 '박카스 아줌마'
쌈짓돈에 욕망을 산 백구두와 사라진다
황혼은 흐르는 엘레지
눈발 풀풀 날린다

뽀로로 강점기

평생을 지배하던 채널권을 빼앗겼다

뽀로로 소왕국 두 살배기 독재자에게

문화가 말살된 패왕은 어설픈 광대로 선다

글로벌 레시피

중국산 고사리 도라지를 볶아내고
한국산 콩나물 시금치를 무쳐서
인도산 참기름 넣고
수단 통깨 뿌려주고

미국 좁쌀 중국 팥 우리 찹쌀로 지은 밥
아홉 가지 나물에 보름달 고명 썩썩 비비니
세계가
한입에 들어온다
크게 한 숟가락

테이크아웃

정류장 간이 의자 오도카니 앉은 컵

반쯤 담긴 커피 안고 유기된 게 아니라는 듯

선명한 립스틱 자국 빨대가 꼿꼿하다

내도 여자여

괘씸허네
지들은 낯짝이고 난 바가진가

딸년들
팩인가 뭔가 서로 붙여주고 난리다

빈말로
엄니 같이 혀요 하는 놈 한나 없네

피부가 좋아졌네 광이 나네 서로 자랑질

니들만 여자다냐 듣기 싫네 속 좁혔다가

호박에 줄 거 수박 되나 상한 맘 달래보네

목포는 情이다

회 한 접시 주문에 상다리 휘청이네
바닷물 퍼 장사하남
목포는 요것이 기본이제
구수한 인정에 취해 술이 술을 마신다

구항에 파도 소리 흥취 둥실 오르고
육자배기 아니어도 트로트 한 곡 뽑는다
그라제 항구의 목포
들큼 짭조름 정이랑께

온전히

난 줄 알았는데
난 내가 아니었네

누구 엄마 누구 아내
주변으로만 살았네

이제 날
찾아보려네
감꽃이 피려 하네

2부

시가 피다

주문한 귤 상자에 햇봄이 실려 왔다

살짝 무임승차한 몽우리 진 동백

섬 시인 쪽빛 시심을 이 아침에 받아 적네

컬러풀 그리움

마음이 헛헛한 날 못 견디게 그리운
서문시장 국수 골목 연초록 배추 칼국수
깊은 맛 덤덤한 모양 꼭 대구 사람들 같은

일상에 지칠 때 목마르게 그리운
고산골 주막집 정구지찌짐 불로 막걸리
주인장 분홍색 미소 꼭 앞산 진달래 같은

적응 못 한 고향살이 그리운 소리 있네
신천의 파란 물소리 하얀 바람 소리
고향이 꼭 아니어도 고향 사투리 같은

유리를 닦다

바람도 오래 스치면
때가 되어 붙나 보다

얼룩진 마음 길
입김 모아 지울 수 있다면

미움도
오해도 건너간
저쪽에 내가 있다

세월이 약이란 말

생때같은 너를 가슴에 묻어두고
한숨으로 다지며 눈물로 찰찰 덮어도

시간이 흐른 그만큼 보고 싶어 죽겠다

세월에 흐려진다 그 말을 꼭 믿고
두고 간 이쁜 것들 끌어안고 버티는데

거짓말 개도 안 물어 갈 잊힌다는 거짓말

여자여!

더 이상 꽃 피지 않아 껍데기만 남았어

꽃 없음 뭐 어때 본시 나로 왔잖아

여자여
꽃 진 자리에
너를 심어 피워라

광어 무덤

양식장 탈출했다고 빠삐용이라 치자

병들어 버려진 몸 탈주범 누명 썼다 쳐도
한소끔 자유도 허락 않는 탐욕스런 낚싯대

떨어진 지느러미 군데군데 파인 살점
가쁜 숨 끝에는 싱그러운 제주 바다

노다지 '광어밭'이라? 그냥 무덤이라 해라

겨울, 산토리니

하얀 벽 파란 지붕 시린 하늘 시린 바다
스치는 풍경은 그냥 한 폭 그림인데

생존은 척박한 화산 땅 하루가 치열하다

당나귀 등에 얹힌 숨 가쁜 밥벌이가
닳아빠진 발굽 돌계단에 신음할 때

파도는 울부짖으며 태양을 꿀꺽 삼킨다

소싸움

인간의 탐욕이 빙의된 순한 짐승

이유도 모른 채 저들끼리 뿔을 세운다

눅눅한 지전 오가는 피와 땀의 모래판

별

내 것도 되었다가
네 것도 되었다가

소유권 다툼 없이
모두의 것도 되었다가

참말로
별은 똥도 예쁘다
제 것 없이 다 주는

왕이로소이다

떡갈나무 이파리 이리저리 재고 있다

제국을 차지하려 어린 몸 늘이다가

세상을 몽땅 가진 듯 제풀에 눕는 자벌레

벌거벗은 허영

허영의 옷 걸치고 마주한 피카소
거리를 달리해도 도무지 모르겠어
다른 눈 의식하면서 감동한 표정일 때

그림도 색깔도 안 예뻐, 재미없어
내 스타일 아니야 내가 훨씬 잘 그려

다섯 살 솔직한 평론이 거짓의 옷 벗기네

꺾꽂이

사막에 떨어져 꽂힌 충청도산 신현달
실핏줄 뿌리내리며 목마름에 울었겠지
제 이름 애써 버리고 새로 얻은 에릭 신

지난날 허울 벗고 맨몸으로 버티며
내 땅이라 다독인 세월 여태도 겉돌고
네바다 모래바람에 몸살을 앓고 있다

어머니 임종을 지키지 못한 불효에
주먹이 눈물 훔치는 반아메리카 사람
잔가지 싹을 틔운다 또 하루 살아낸다

큰개불알풀

못됐기나 모지란 거
앞에 붙는 기 개 아이가

을매나 션찮았시모
그 앞에 큰 개가 붙노

그래가
장개는 들겠나
개맹해 뿌라 봄까치꽃

완장

대단한 자만을 치솟게 하는 마법인가

바지랑대에 걸쳐놓으니
생목인 줄 촐랑댄다

가볍다
저도 저를 모르고
비춰 볼 거울조차 없고

3부

간극

벽제를 지나가네
연기로 덮인 마을

승화원 굴뚝에서
여기저기 갈빗집에서

생과 사 긴긴 여정이 길 하나 건너였네

참깨를 볶으며

깨 볶던 때가 있었지 먼 기억 속 젊은 날
알콩달콩 고소했지 이젠 꿈처럼 가물가물
세월이 지나온 자리 소금기만 씁쓸하다

데면데면 식구로만 굳어진 사랑아
내 오늘 팬을 달궈 깨를 볶으려 하네
불꽃이 탁탁 튀기던 그 열정 찾으려 하네

2021년 놀이터

놀이터 정글짐에
나무 개구리 붙어있다

동면에 든 아이들
소식 모르는 눈치

올 한 해 혼자서만 놀다 잠자는 걸 잊었구나

천경자

붓 꺾은 길레 언니 담배를 피우고 있네

진짜 꽃 머리에 꽂고 심란한 표정이네

세상에!
어느 어미가 제 새끼를 몰라보냐

풍경

겨울잠 깊이 든
산사는 고요해요

댓돌 위 검정 털신
소복 담긴 하얀 눈

언 못엔 풍경 소리가
미끄러져 퍼집니다

어른이지 못했다

중학생 서넛이 담배를 피워대네
따끔한 충고가 막 튀어나오는데
무엇이 두려운 걸까 속으로 속으로만

전철 안 젊은 남녀 꼴불견 사랑 놀음
요즘 세상은 아무 데서나 영화 찍네
성가신 시비일 테지 누르며 꾹 누르며

암호 해독

마음이 답답한 날 시집을 한 권 샀네

설레며 넘긴 첫 장 난해한 문장들의 행진

시조차
어려울 게 뭐니
숨 쉬기도 곤한데

밤섬

둥둥 강 가운데
원주인 떠난 자리

해오라기 꼬마물떼새
슬그머니 문패 달았다

문단속
단단히 해라
건너 불빛 넘실댄다

오월

1
저 숲에 뛰어들면 초록 인어 되겠네
일렁이는 파도 타고 우아하게 헤엄치겠네
화들짝 놀란 물고기들 날개 달아줘야겠네

2
사랑은 물거품 목소리와 바꾸지 않겠네
풋풋한 바람결에 노래 한 자락 뽑겠네
가사는 신파로 써도 청승 따윈 잊겠네

이팝꽃

어미가 속 안 좋다 밀어낸 밥그릇에
허기진 숟가락은 눈치 없이 달려들었지

만발한 이팝꽃 아래 반백 아이 울고 있네

내 소리도 들어줘

흑과 백 여성 남성 왼쪽 오른쪽 진보 보수

네 편 내 편 이분법으로만 굳어진 사고

가운데
회색, intersex
보이지 않는 깃발 흔든다

사람이 아름답다

보조기를 밀며 걷는 아버지 옆에서
부채를 부쳐주며 따라 걷는 초로의 아들

황혼 빛
반짝이는 백발
눈이 시립니다

봄이 팔랑 와부렀소

남도 끝 할매들 머리 위로 봄이 왔소

단체 관광 채비로 꼭꼭 만 뽀글이 파마

꽃들이 팔랑팔랑 피었소 청산도 미장원에

성찬례

이 땅에 누로 와서
만찬 상에 바치노니
내 몸은 희생제물 너희에게 주노라
평원의 배부른 사자는 더 이상 탐하지 않으니

어린 누들 철없이 풀밭을 뛰어놀고
암누는 사자 옆에서 태연히 새끼를 낳네
평화의 인사를 나눠라 피바람 멈춘 오늘

4부

모델

이파리 위로 배추벌레 꼬물
구멍 숭숭 배추 서너 단

"약 한나도 안 쳤슈, 봐 벌레도 있잖여"

"무공해 전속 모델유, 야가!" 좌판 아줌니 넉살은
백 단

듦

너무도 그리워서 제일 먼저 왔어요

구순 시인의 인사말이 사뭇 떨린다

나이 듦, 절실함인가 바람이 들이친다

내성이발소

삼색등 뱅뱅 도는 변두리 뒷골목
머리카락 위에서 가위가 춤을 춘다
흰 가운 은발의 이발사 마술이 시작된다

포마드 미끄러지는 이 대 팔 가르마
순간 이동 했나 십 년이 뒤로 갔다
거울 속 두 동년배가 너털웃음 날린다

마누라 앞세우고 다잡아 키운 삼 남매
대학 간판 달았으니 대성 인생 아니냐며
간판이 칠을 벗어도 대성은 대성이란다

충동구매

곧 매진 서두르세요
쇼호스트 재촉에

초연하자 허벅지 꾹꾹
눈 질끈 감았지만

오늘만 이 가격이래
어느새 번호 꾹꾹

장대비는 늘 그랬다

아파트 건너 산에 계곡이 떠내려왔다

비선대 토왕성폭포 천불동 오색계곡

단풍도 덩달아 왔다 설악은 텅 비었겠다

관계

장흥 우시장 옆 국밥집 사장님은
송아지 음매 소리 하루 내 귓전 맴돌아

돼지로 국밥 끓인다니
고전 속 제선왕인가

눈에서 벗어나면 마음은 무심해지지
가까운 울음보다 먼 울음을 외면하지

세상사 이해관계는
보는 것 못 보는 것

만종

태양을 마주 보던
젊은 날 금빛 오만

씨앗을 가득 안고
겸손을 배웠구나

저물녘 빈 껍질로 선
해바라기 가는 목

넌

흰 국화에 파묻혀 꽃처럼 바라본다

한 몸을 쪼개어 다섯에게 나눠주고

눈물도 별거 아니라며 어제처럼 웃는다

물숨

바다를 자유로이 유영하는 그 사내
부드럽게 때론 격하게 물속 깊이 잠수하며
해녀들 거친 물숨을 건반 위에 토해낸다

저승에서 벌어 이승에서 먹고산다는
구두 대신 오리발 정년 없는 극한 직업
서방님 담뱃값 술값 새끼들 등록금 책값

욕심을 내지 마라 물숨은 저승길이라
소라도 전복도 딱 한 개에 숨 잡힌다
땀 젖은 건반 위에서 살풀이하는 양방언

스프링

밤늦은 귀갓길 버스 안은 피로하다

창밖 빗줄기가
불빛 따라 튀어 오르듯

낙하가 곧 비상임을 그대들도 아시라

분홍 등대

아기가 놓쳐버린 분홍 크록스 한 짝

걸음마 잃고 오도카니 보도에 걸쳐있네

제 짝을
기다리면서
반짝 어둠 비추네

숨은 말

노인은 입 꾹 닫고 눈도 맞추지 않는다
양재동 사설 보호소 문 앞에 웅크린 채
손가방 꼭 틀어쥐고 온몸을 떨고 있다

짧은 인적 사항 주머니 속 메모에도
작은 몸 접으며 세상에 없는 사람인 듯
어머닌 숨겨둔 말을 아주 잊고 말았다

들켰다

잊었어, 힘주어 쓰고
이 말마저 잊어야지

지우개 지나간 자리
깊게 파인 흔적들

들켰다 감춰둔 속내
죽어도 못 잊을

별이 된 발톱

막연한 환상 품고 허영으로 나선 길
별밭으로 들어가 지평선으로 나왔네
무모함, 후회하면서 울면서 또 울면서

할머니 품에 안긴 아기가 눈에 밟혀
산티아고 순례길 마리아께 올리는 기도
나 이리 너를 위하여 간절한 적 있었나

천진한 웃음이 햇살처럼 눈이 부셔
짓무른 마음을 희생제물로 바쳤네
기꺼이 별에 닿았으리 새끼발톱 두 개

서운암 황매화

향기를 삭히며 키 재는 항아리들

시가 구수해지네 시인은 배가 부르네

불경은 외우지 못해도 자비는 부처님뻘

5부

아우슈비츠 카나다

걸쳤던 평온이 무자비하게 벗겨졌어요

차가운 창고에 내팽개쳐 방치됐어요

체온이 빠져나간 평온 돌아오지 않네요

네가 없어서

피아프 없이 듣는 피아프의 사랑의 찬가
바이올린 독주 새롭네 가슴이 젖어드네

내 오랜 관념을 흔드네
앙꼬 없는 찐빵이

안개지대

모네가 펼쳐놓은 모호한 그림 속

회색빛 물감을 스멀스멀 풀었네

백내장 앓고 있는 달 흐릿하게 박혀있네

소리로 흐르는 비릿한 시냇물 가

풀 이슬에 젖으며 더듬어 걷는 길

꼭 갇힌 풍경 안에서 나도 그림이 되네

벌집

사람 소리 들으려고 켜놓은 고물 TV

보험 광고 전화도 반갑기만 한 오늘

헉 헉 헉
먼지 낀 선풍기가 이 하루를 날린다

에어 댄서

바람을 잡아타고 날아오르고 싶었어

볼품없는 광대로 호객이 내 업이라

온종일 춤을 추는 거야
울기도 하는 거야

신씨* 약방

북한산 구름 정원 가파른 언덕 길가
살아서 외롭던 죽어서 더 외로운
길손만 오가는 길에 약방을 차렸구나

흔적 없는 집터에 안내문이 명함이네
내시부 종삼품 상약인 신공 화려한 이력
한평생 궁궐 약방에서 제 몸을 달였구나

저를 위해 약 한 첩 달여는 봤을까
사내 아닌 사내 설움 약탕기에 녹여내던
빈 약방 문인석에 맡기고 신공은 어딜 가셨나

* 內侍府 從三品 尙藥人 申公.

꼬마 시인

바람에서 달콤한 꽃향기가 나요

우산들이 꽃잎을 맞으며 걸어가요

다섯 살
서아 입에서 피는 말
네가 진짜 시인이네

발칸의 붉은 양귀비

서로 다른 신이 세운 눈부신 땅에서
신들의 이기심으로 이웃은 적이 되고
포연에 휩싸인 발칸 짐승처럼 울부짖는다

다름을 인정치 않는 잔악한 인종청소
신들이 진정 바란 인간을 위한 진리인가
흰 산에 양귀비 핏자국 점점이 뿌려놓았다

청록의 바다는 망각을 보속받고
건물 벽 총탄 자국 신음하며 외친다
신들의 도구가 되지 마라 고개 숙이지 마라

카운트다운

해가 바뀌는 시간 4초
일력 한 장 날아간다

나잇값은 못 해도 한 살 더 먹는 4초

낯이 선 숫자 앞에서
되새김하는 공약公約, 공약空約

밤 한 자락

석양을 삼키고도 시침 뚝 떼던 저 강

그 빛을 풀어 베를 짜네 옷을 짓네

물 위에 색동저고리 바람에 일렁이네

시계

하루가 멈췄어
건전지를 갈아 끼워요

그래도 안 가 고장이야
거꾸로 넣었겠죠

허허허
웃으니 좋네
슴슴한 하루가 간다

『요리는 감이여』

새끼들 키워낸 손맛 전할 수가 없었네
전쟁과 가난 여자라 눈멀어 살아온 세월
더듬어 한 자씩 익혀 대명천지 열렸네

삐뚤빼뚤 손끝으로 요리는 감이여
건강한 맛이 황혼에 펼쳐지네

없어서 못 판댜 베시트랴
주름진 소녀들 깔 깔 깔

이렇게 좋을 수가

김서아 코로나 양성 반응입니다

기침하는 손녀 PCR 검사 결과 알림 톡, 여섯 살 어린것을 어떻게 혼자 격리시키나 동거인도 즉시 검사를 받으라네, 육십 세 이상은 필히 PCR, 것도 경로효친인감, 제 어미 할미 할애비 세차게 코를 후벼주고, 서로 아이를 돌보겠다며 뜨거운 가족애를 보여주는데 가장 좋은 방법은 모두 감염되는 것, 집 안에서 마스크 쓰고 입 냄새 답답함 초조함으로 하루를 보내니 검사 결과 톡, 모두가 바라던 양성이란다

축하해, 코로나 확진 마스크 벗어 던지자!

시든 독백

뭣다고 자꾸만 봐쌌는가 남사시럽게

곱다고? 시방 놀리는가 조명발이라니께 허기사 나
가 한때는 겁나게 잘나갔제 새벽이슬 뿌리고 꽃잎
활짝 열면 참말 싱싱한 것이 을매나 고왔덩가 가다
가 돌아덜 보고 모다 환장했당께 사진기 들이대고
난리도 그런 난리가 없었제 새덜도 나는 걸 잊어묵
고 벌들도 앉는 걸 어려워했당께 농담여 나가 무신
낙안이라고 그쯤 했단 말씨 근디 화려한 시절은 눈
깜짝이더만 화무십일홍 딱 그것이더랑께 늙어 추하
덜 않는 거이 있당가 그랑께 더 서럽제 자네도 긍가?
워쩌겠능가 고것이 세상 이친디 순리대로 사는 날꺼
정은 잘 살아봐야겠제

근디도 봐중께 좋네 시들어도 꽃은 꽃잉께

쪽빛 시심詩心이 빛을 발하는 '시적 순간'

유성호 문학평론가·한양대학교 국문과 교수

1. 당당한 현대성과 개별성의 세계로

두마리아의 첫 시조집 『시가 피다』는 정형 양식 안에서 사물과의 섬세하고 살가운 친화와 교응交應 과정을 활달한 언어로 들려주는 예술적 보고寶庫라고 할 수 있다. 그의 시조는 정형 안에 강제적으로 묶인 언어가 아니라 그 안에서 비교적 자유롭게 움직여가는 역동성으로 깔끔하고 온기 넘치는 시적 순간을 선사한다. 이 모든 것이 어떤 커다란 스케일 안에서 이루어지기보다는 일상적이고 소소한 사물과 풍경에서 성취된다는 것이 두마리아 시조의

서정적 장처長處일 것이다. 그리고 이 모든 과정은 합리
적 가능성보다는 어떤 신성한 비의祕義를 품은 기억의 유
연성에 의존하는 경우가 훨씬 더 많다. 어떻게 생각하면
이는 그동안 우리 현대시조가 구투를 벗어버리고 당당한
현대성과 개별성의 세계로 나아가는 징후를 체현한 첨예
한 사례일지도 모른다. 그만큼 두마리아 시조의 상당수
가편佳篇들은 일상성과 명랑성에 즉하여 구체성과 보편
성을 아울러 획득해 가는 과정을 선명하게 보여준다. 특
별히 시인 스스로 자신의 실존적 상황을 투명하게 드러
내는 데 진력한 이번 첫 시조집은 그러한 시인의 의지가
빛을 발하는 시적 순간들로 가득하다는 점에서 우리 시
조시단이 거둔 근자의 이채로운 성과 가운데 하나로 기
록될 것이라고 예감해 본다.

2. 토박이말의 재발견을 통한 예술적 심급의 최대화

두마리아 시조의 가장 큰 미덕은 그 특유의 살가운 말
맛으로 먼저 다가온다. 이는 스스로 겪은 경험적 구체성
에 대한 신뢰이자 언어예술로서의 현대시조의 위상을 각

별하게 의중에 둔 선택적 조사措辭라고 할 수 있을 것이다. 그는 일관되게 기층 토박이말을 종과 횡으로 엮으면서 그 안에 다양한 전언과 방법과 음성을 녹여내고 있다. 여기서 우리는 오랜 표준화로 밋밋해져 버린 우리말의 다채로운 심층을 재발견하게 되고, 나아가 예술 언어의 항구적인 갱신 가능성과 만나게 된다. 그 순간, 삶과 언어는 비로소 서로를 비추면서 세계 구성에 함께 참여하는 과정으로 나아간다. 이러한 통합의 원리를 밀도 있게 사유하면서 두마리아 시인은 자신의 시조가 단순한 현실 재현이나 풍경 제시에 머무르지 않고 존재의 심연을 투시하는 차원으로까지 나아가기를 열망하고 그것을 성취해 간다. 그러한 열망과 성취가 그의 시조로 하여금 사라져 가는 존재자들을 옹호하는 토박이말 지향의 마음을 산뜻하게 가지게끔 해준 것이다.

남도 끝 할매들 머리 위로 봄이 왔소

단체 관광 채비로 꼭꼭 만 뽀글이 파마

꽃들이 팔랑팔랑 피었소 청산도 미장원에

－「봄이 팔랑 와부렀소」전문

회 한 접시 주문에 상다리 휘청이네
바닷물 퍼 장사하남
목포는 요것이 기본이제
구수한 인정에 취해 술이 술을 마신다

구항에 파도 소리 흥취 둥실 오르고
육자배기 아니어도 트로트 한 곡 뽑는다
그라제 항구의 목포
들큼 짭조름 정이랑께
－「목포는 情이다」전문

남도 끝 '청산도 미장원'에 새봄이 찾아왔다. 물론 그
봄은 미장원을 찾은 할머니들 머리 위로 날아온 것이기
도 하다. 단체 관광 채비를 위해 할머니들이 가꾼 "꼭꼭
만 뽀글이 파마"를 두고 시인은 "꽃들이 팔랑팔랑" 피고
"봄이 팔랑" 와버린 풍경이라고 은유한다. 거기에 "와부
렀소"라는 토박이말의 선언이 할머니들의 외출 채비를
더욱 신명 나게 해주고 남녘의 살아있는 입말을 확연한

96

물질성으로 결정結晶해 주는 듯하다. 그런가 하면 시선을 돌려 시인은 항구도시에서 발견하고 확인하고 받아들인 어떤 순간을 통해 '목포는 정情'이라고 선언하기도 한다. 목포에서는 마치 바닷물을 퍼 장사하는 것처럼 인정이 풍부하다. "바닷물 퍼 장사하남"이라는 질문에 "목포는 요것이 기본이제"라는 대답이 후하게 돌아온다. 그렇게 인정에 취하고 구항 파도 소리에 흥취가 오를 때 시인은 "육자배기 아니어도"노래 한 소절쯤 절로 부르는 이들을 바라본다. 마지막 종장 "그라제 항구의 목포/ 들큼 짭조름 정이랑께"는 그곳 토박이말의 정수精髓를 드러내면서 두마리아 시조의 한 근간이 기층언어의 말맛에 있음을 다시 한번 입증해 준다. 그렇게 두마리아 정형 미학의 한 문양文樣은 "고향이 꼭 아니어도 고향 사투리 같은"(「컬러풀 그리움」) 언어를 통해 서서히 번져나가는 특장特長을 보여준다 할 것이다.

두루 알다시피 시조를 포함한 서정 양식은 언어의 경제학을 가능한 한 최대치로 구현해 가는 관습을 가지고 있다. 이러한 경험을 남다른 순간의 미학으로 처리하는 데 언어의 직접성과 구체성은 매우 중요한 형질이 되어준다. 두마리아 시인은 그러한 언어적 실감을 퍽 중시하면서 자신이 보고 느낀 것들을 구체성 있게 전한다. 바로 그 순간 언어의 중심과 주변은 한 몸으로 통합된다. 오래 전부터 우리가 경험해 온 근원적 흔적들이 언어의 마디마다 살아 나오기 때문이다. 오래된 시간이야말로 가장 원초적인 시의 시간이라는 파스O. Paz의 유명한 말처럼, 오랜 시간 속에 원형적 기억으로 남아있는 입말 전통의 재현에 그가 공을 들이는 것도 이러한 의미를 알고 있기 때문일 것이다. 물론 그가 활용한 방언은 토속성을 높이는 데 그 효과가 한정되지 않는다. 나아가 그것은 우리로 하여금 가장 본원적이고 궁극적인 질서를 상상하게끔 해준다. 또한 그의 시조를 이끌어 가는 인물들은 중심이나 한복판에 서있지 않고 삶의 순리를 따라 풍요롭게 살아가는 주변적 캐릭터들이다. 말하자면 시인은 인물과 사물 모두 천천히 사라져 가는 흐름 속의 대상을 호명하고 옹호하고 형상화한다. 소소하지만 커다란 우주에 맞먹는 역설의 스케일이 그 안에 애잔하게 담겨있다. 그때 토박이말의 재발견을 통한 예술적 심급은 단연 최대화된다 할 것이다.

3. 삶의 주변성에 대한 집중과 새로운 의미화

앞에서도 강조하였듯이, 두마리아의 시조는 이른바 주변성의 미학을 지속적으로 지향해 가고 있다. 원래 서정시가 근원적으로 어떤 상실된 것들을 회복하여 그것의 원초적 통일성을 형상화하는 것은, 주체와 세계가 분리되어 있는 경험으로부터 그것의 통합적 국면을 꾀하고자 하는 성격을 가지고 있기 때문이다. 이때 우리를 둘러싼 세계와 그것을 수용하는 주체를 이어주는 새로운 사유와 감각이 요청되는 법인데, 말하자면 이 사유와 감각은 주체와 세계가 근원적 연관성을 가지는 것으로 이해하는 방식을 말한다. 그리고 그러한 사유와 감각은 기억의 재현 작용을 통해 현재형을 구성하면서, 삶의 외곽성 혹은 주변성에 대한 구체적이고 정성스러운 집중과 새로운 의미화 과정을 수반하게 된다.

떡갈나무 이파리 이리저리 재고 있다

제국을 차지하려 어린 몸 늘이다가

세상을 몽땅 가진 듯 제풀에 눕는 자벌레

　　－「왕이로소이다」전문

더 이상 꽃 피지 않아 껍데기만 남았어

꽃 없음 뭐 어때 본시 나로 왔잖아

여자여
꽃 진 자리에
너를 심어 피워라

　　－「여자여!」전문

　누군가 스스로를 제국의 '왕'으로 선언한다. 거대하고
딱딱한macro hard 것이 아니라 가장 자그맣고 부드러운
micro soft 한 존재자가 그 주인공이다. 그것은 떡갈나무 이
파리를 섬세하게 재면서 어리디어린 몸을 늘여보다가 제
풀에 누워버리는 "자벌레"이다. 세상을 모두 가진 듯 스
스로의 기운으로 신축을 거듭하는 보잘것없는 한 존재자
를 정성 들여 관찰하고 표현해 가는 두마리아 버전의 생
명록이 아닐 수 없다. 그런가 하면 시인의 시선은 더 이상

꽃이 피지 않아 이제 껍데기만 남은 한 '여자'를 호명하면서 꽃이 진 자리에 스스로를 심어 꽃을 피우라는 권면을 하고 있다. "뭐 어때 본시 나로 왔잖아"라는 존재론적 항변은 "꽃 진 자리"를 새로운 생명 탄생의 거소居所로 바꾸어버리는 창신의 작업을 수행하고 있다. 이러한 주변성의 미학은 때로 "천진한 웃음이 햇살처럼"(「별이 된 발톱」) 다가와 새로운 사유와 감각을 가능하게 하기도 하고, 때로 "네 편 내 편 이분법으로만 굳어진 사고"(「내 소리도 들어줘」)를 넘어서는 경험적 지혜를 선사하기도 한다. 다음은 또한 어떠한가.

깨 볶던 때가 있었지 먼 기억 속 젊은 날
알콩달콩 고소했지 이젠 꿈처럼 가물가물
세월이 지나온 자리 소금기만 쓸쓸하다

데면데면 식구로만 굳어진 사랑아
내 오늘 팬을 달궈 깨를 볶으려 하네
불꽃이 탁탁 튀기던 그 열정 찾으려 하네
  ―「참깨를 볶으며」전문

참깨를 볶으면서 그가 떠올리는 기억은 그 '깨'를 비유적으로 쓰던 젊은 날이다. 먼 기억 속의 젊은 시인은 알콩달콩 고소하게 깨 볶던 때를 지냈지만, 지금의 시인은 이제 꿈처럼 그 순간이 사라지고 소금기만 남았다고 고백한다. 함께 깨를 볶던 데면데면한 사랑을 향해서는 "불꽃이 탁탁 튀기던 그 열정"을 회복하고 탈환하려는 야심에 찬 미학적 의지를 드러내기도 한다. 바로 그 순간을 통해 "이제 날/ 찾아보려"(「온전히」)는 것이다. 비록 "나이 듦, 절실함인가"(「듦」) 하는 탄식과 위안이 따라오기도 하지만, 그러한 회복과 탈환의 순간이 바로 서정성의 첨예한 경지요 시조 미학의 궁극적 낭만성이 보여주는 한 정점임을 그는 남김없이 보여준다. 이 또한 삶의 주변성에 대한 새로운 발견을 통해 이루어지는 상상적 작업일 터이다.

이러한 낭만성의 찰진 변주는 두마리아 시인의 친화력 높은 목소리에 얹혀 섬세하고 짧게 구현될 때 단연 생기에 넘친다. 그렇다면 이러한 생기로운 목소리와 짧은 형식이 결합되어 나타나는 그의 시조 작품은 왜 우리에게 비상한 감동을 주는가? 그것은 다름 아닌 독자들의 상상적 경험들이 그 안으로 투사되어 서정시의 언어와 조우

하면서 생겨나는 창조적 흔적 때문일 것이다. 이러한 속성은 시인에 의해서만 창조되는 것이 아니라 그 실존의 틈을 비집고 들어가 언어와의 일체를 꿈꾸려는 독자의 참여 속에 완성되어 간다. 두마리아 시조는 독자들을 향한 점착력 있는 말 건넴을 통해 이처럼 시인-독자가 지극한 협업을 수행해 가게끔 해준다. 그때 비로소 삶의 주변성에 대한 구체적인 집중과 새로운 의미화가 이루어지는 것이다.

4. 양식적 자각을 통한 예술적 승화의 순간

또한 두마리아 시인은 시조 양식에 대한 일관된 친화와 믿음을 줄곧 표현함으로써 자신만의 예술적 자의식을 깊이 드러낸다. 순간적 정서 표현에 의존하는 시조의 특성을 소중하게 품음으로써 자신이 시조를 통해 세계를 개진하고 스스로를 완성해 가는 존재임을 고백해 가는 것이다. 우리는 이러한 그의 시조를 읽음으로써, 때로 정서적 위안을 얻기도 하고, 때로 지적 충격을 받기도 하며, 때로 감각적 즐거움을 경험하기도 한다. 이때 그의 시조

에 나타난 정서나 감각은 비교적 가치 있고 숭고한 방향
으로 그리고 균형과 조화를 이루는 방향으로 천천히 조
직되어 간다. 물론 그러한 예술적 의장意匠들은 다양한 은
유적 계열체를 거느리면서 새로운 미학적 화폭들을 하나
씩 늘려간다. 예술적 의장에 대한 미학적 비유체로서 다
음 작품들을 만나보도록 하자.

　　주문한 귤 상자에 햇봄이 실려 왔다

　　살짝 무임승차한 몽우리 진 동백

　　섬 시인 쪽빛 시심을 이 아침에 받아 적네
　　ー「시가 피다」 전문

　　겨울잠 깊이 든
　　산사는 고요해요

　　댓돌 위 검정 털신
　　소복 담긴 하얀 눈

언 못엔 풍경 소리가
미끄러져 퍼집니다
　　　－「풍경」전문

　　이번 시조집의 표제작이기도 한 앞의 시편은, 제주에
귤을 주문했더니 "귤 상자에 햇봄이 실려" 왔다면서 상
자 속에 살짝 들어와 앉은 "몽우리 진 동백"을 소개하고
있다. 그렇게 무임승차한 동백은 "섬 시인"이 보내온 따
뜻한 "쪽빛 시심"일 것인데 아마도 귤을 넣으면서 동백
도 함께 얹은 것일 터이다. 그리고 그 동백은 마침내 시인
이 "이 아침에 받아 적"는 '시'로 몸을 바꾼다. 그렇게 "시
가 피다"라는 제목을 완성시키면서 이 작품은 시인이 사
유하고 실천하는 시(시조)가 아름답고 훈훈한 "쪽빛 시
심"의 결과물임을 알게 해준다. 결국 시는 그렇게 피어난
다. 그런데 한편으로 우리는 이 작품의 제목을 핏빛 동백
에서 시를 발견하는 시선으로 보아도 무방할 것이다. 그
때 '시'는 '피'가 되기도 할 것이다. 또한 그가 그리는 "겨
울잠 깊이 든/ 산사"의 고요한 풍경도 그러한 시심을 훤
칠하게 닮아있다. 산사에 눈이 내려 "댓돌 위 검정 털신"
안에 소복 담겨있다. 결빙의 못으로 미끄러져 퍼져가는

"풍경 소리"는 이때 가장 원초적이고 신성한 적소適所로서의 시(시조)의 운명을 예감케 해주기에 충분하다. 그 점에서 이 작품의 제목은 '풍경風磬'이자 '풍경風景'이자 '풍경諷經'을 모두 품고 있는 셈이다. 그 안에는 "맑디맑은 눈빛 다시 아기가 되어"(「이름」) 궁극적인 것을 찾아가는 시인의 예지와 "제 것 없이 다 주는"(「별」) 세계를 너그럽게 긍정하고 수납하는 시인의 마음이 함께 담겨있다 할 것이다.

바람도 오래 스치면
때가 되어 붙나 보다

얼룩진 마음 길
입김 모아 지울 수 있다면

미움도
오해도 건너간
저쪽에 내가 있다
 -「유리를 닦다」전문

이 작품에서 유리를 닦는 행위도 결국 작시作詩 과정의 한 탁월한 은유로 기능하고 있다. 오래 스친 바람이 얼룩이 되어 유리창에 붙어있다. 그 "얼룩진 마음 길"을 입김 모아 지울 수 있기를 시인은 희망해 본다. 그럴 수만 있다면 그동안 살아오면서 쌓아온 "미움도/ 오해도" 모두 건너 "저쪽"에 있는 '나'를 만나볼 수 있을 것이니까 말이다. 그렇게 유리를 정성 들여 닦는 행위는 오래고 오랜 스스로의 만홀漫忽을 지우는 "거짓의 옷 벗기"(「벌거벗은 허영」) 과정으로 치명적 전환을 치러간다. 그만큼 그의 시 쓰기는 삶의 근원적 회복과 탈환의 과정에 바쳐지고 있는 것이다.

주지하듯 서구의 근대 미학을 이끌어 온 기율 가운데 하나는 이른바 주체에 대한 의심 없는 전제일 것이다. 사물은 불확실한 실재여서 주체의 인식과 판단을 기다리지만, 주체는 너무도 확실하여 전혀 의심되지 않았던 것이다. 그런데 최근 이성이 주도해 온 이러한 패러다임에 대한 반성적 사유와 실천이 광범위하게 진행되었고, 그 가운데 근대적 주체에 대한 새로운 재구성 작업도 한몫했다는 것은 우리가 잘 알고 있는 바이다. 그만큼 우리는 예술적 표현 과정에 '단일한 주체'가 아니라 '복수의 타자'

가 발화하는 목소리가 결정적 역할을 한다는 사실을 알게 되었다. 이와 마찬가지로 두마리아의 미학 역시 한 사람의 자연인이 발화한 결과가 아니라 시인의 육체와 영혼 안에 거하는 수많은 이질적 목소리들이 호혜적으로 수행한 복합성의 언어인 셈이다. 그에게 시(시조)는 그러한 양식적 자각의 산물이자 다양한 경험을 통해 예술적 승화를 이루어가는 호환할 수 없는 방식이었던 것이다. 그렇게 두마리아는 시조를 통해 시조를 상상하고 갱신해가는 시인이다.

5. 원형적 사유를 통한 인생론 구축

나아가 두마리아의 시조는 시간성이라는 원형적인 형식에 대한 심원한 사유에 도달한다. 그는 이번 시조집을 통해 인간 실존의 어둑한 차원을 다양하게 흡수하고 표현하는데, 소리를 채집하여 재현하기도 하고, 사랑의 가능성과 불가능성을 토로하기도 하고, 유한한 시간을 탐침하고 표현하는 일련의 움직임을 보여주기도 한다. 실로 다양한 순간을 담아가는 것이다. 이때 우리는 시간에 대한 사후적 체험의 형식으로 쓰이는 서정시의 문법을 한번 생각해 본다. 그러한 문맥에서 볼 때 두마리아 시인은 인간 실존이 근원적으로 시간의 한계 속에서 이루어질 수밖에 없으며 그만큼 서정시는 시간 경험과 기억의 재구성이라는 양식적 특성을 지닐 수밖에 없다는 것을 고백해 간다. 그에게 시간의 유한성은 이렇게 시조와 분리할 수 없는 불가피한 원질原質이 되어준 것이다.

보조기를 밀며 걷는 아버지 옆에서
부채를 부쳐주며 따라 걷는 초로의 아들

황혼 빛
반짝이는 백발
눈이 시립니다
–「사람이 아름답다」 전문

벽제를 지나가네
연기로 덮인 마을

승화원 굴뚝에서

여기저기 갈빗집에서

생과 사 긴긴 여정이 길 하나 건너였네
　　－「간극」전문

　인간은 누구나 태어나 병들고 늙어 사라져 간다. 이 생
로병사의 존재론적 절차는 서정시의 문양에서 이른바
'충만한 현재형'으로 귀납되어 간다. 가령 시인의 눈에 들
어온 가장 아름다운 사람의 모습은 초로의 아들이 아버
지의 황혼과 함께하는 '충만한 현재형'에서 찾아진다. 아
버지와 아들이 함께 지녔을 "황혼 빛/ 반짝이는 백발"이
야말로 생로병사의 현장 한복판을 이렇게 눈 시리도록
밝혀주는 순간의 미학을 구성해 준다. 그다음 작품은 마
치 그 아버지가 돌아가시고 나서의 상황을 쓴 '이후 시편'
이기도 할 것 같다. 화장터 굴뚝에서 피어나는 죽음의 연
기와 갈빗집에서 왁자지껄 쏟아지는 삶의 연기는 그 자
체로 "생과 사 긴긴 여정"이 길 하나를 사이에 두고 있음
을 암시해 준다. 짧지만 결코 건널 수 없는 그 생사의 '간
극'이 바로 인간의 운명을 잔잔하게 수용하게끔 하는 역
할을 하고 있는 것이다.

그러니 우리로서는 "씨앗을 가득 안고/ 겸손을"(「만종」)
배워가고 "눈물도 별거 아니라며 어제처럼 웃는"(「넌」)
마음을 가질 수밖에 없을 것이다. 이처럼 두마리아의 시
조는 인생론적 풍경들을 다양하게 시적으로 호명하면서,
궁극적이고 근원적인 삶과 죽음의 이치를 우리로 하여금
유추하게끔 해준다. 그 점에서 그의 시조는 현실과 꿈의
접점에서 발원하여 더욱 깊고 근원적인 인생론으로 나아
가고 있다고 할 수 있을 것이다. 삶과 죽음에 대한 원형적
사유를 통해 인생론을 구축해 가는 시인의 순간이 거기
에 농울치며 흐르고 있다.

6. 아름답고 애잔한 서사의 인화印畵

두마리아의 시조는 아름답고 애잔한 서사를 향해 원심
력을 극대화하는 과정으로 나아간다. 물론 그의 시조가
서사적 양식을 중점적으로 지향하는 것은 결코 아니다.
다만 자신의 생래적이고 운명적인 슬픔에 빛을 골고루
흩뿌림으로써, 그 슬픔으로 하여금 어떤 기념비monument
적 순간이 되게끔 배려하고 있을 뿐이다. 그래서 슬픔으

로 인해 생겨나는 그리움 역시 빛에 감싸인 채 이번 시조집을 환하게 채우고 있다 할 것이다. 이때 그리움이란, 대상을 향한 간절한 마음이 시간의 풍화 끝에 탈색되어 버린 어떤 정서를 말한다. 그래서 그리움은 부재를 극복하려는 것이 아니라 그러한 상황을 실존적 조건으로 승인하고 거기서 발생하는 깨끗한 슬픔을 견디고 받아들이려는 정서인 셈이다. 그 그리움으로 시인은 가장 깊은 보편적 인생의 서사들을 점묘해 간다. '시인 두마리아'의 성정과 솜씨와 식견이 동시에 드러나는 순간이 아닐 수 없다.

삼색등 뱅뱅 도는 변두리 뒷골목
머리카락 위에서 가위가 춤을 춘다
흰 가운 은발의 이발사 마술이 시작된다

포마드 미끄러지는 이 대 팔 가르마
순간 이동 했나 십 년이 뒤로 갔다
거울 속 두 동년배가 너털웃음 날린다

마누라 앞세우고 다잡아 키운 삼 남매
대학 간판 달았으니 대성 인생 아니냐며

간판이 칠을 벗어도 대성은 대성이란다

   –「내성이발소」 전문

  역시 그의 시선은 "삼색등 뱅뱅 도는 변두리 뒷골목"을 향하고 있다. "흰 가운 은발의 이발사 마술"이야말로 이제는 사라져 가는 한 시절의 순수 마법이었을 것이다. "포마드 미끄러지는 이 대 팔 가르마"도 마치 '순간 이동'처럼 십 년을 되돌려 거울 속 두 동년배를 함께 웃게 했을 것이다. 그런데 '대성이발소'는 칠이 벗겨져 '내성이발소'라는 낡은 간판을 달고 있다. 그 자체로 시간의 기울기와 깊이를 잘 보여주는 표상이다. 이발사는 아이들 잘 키웠으니 "대성 인생"이 아니겠냐며 호기롭게 또 하나의 인생 마술을 수행한다. '대성'이 '내성'이 되었어도 여전히 '대성'이라고 말하는 '내성이발소'의 주인이 애잔하고 아름다운 서사의 주인공이 된 것이다. 거기에는 "향기를 삭히며 키 재는 항아리들"(「서운암 황매화」)이 늘어서 있는 듯한 고전적 감각이 있다. 이러한 '대성→내성'의 세월이 마치 삶의 내성耐性처럼 쌓여가는 변두리 뒷골목은 우리에게 가장 아득한 서사적 충일감을 전해준다. 그리고 그와는 전혀 다르게, 시인은 거대한 폭력으로 얼룩진 이역異域

의 한 풍경도 담아낸다.

> 서로 다른 신이 세운 눈부신 땅에서
> 신들의 이기심으로 이웃은 적이 되고
> 포연에 휩싸인 발칸 짐승처럼 울부짖는다
>
> 다름을 인정치 않는 잔악한 인종청소
> 신들이 진정 바란 인간을 위한 진리인가
> 흰 산에 양귀비 핏자국 점점이 뿌려놓았다
>
> 청록의 바다는 망각을 보속받고
> 건물 벽 총탄 자국 신음하며 외친다
> 신들의 도구가 되지 마라 고개 숙이지 마라
> ―「발칸의 붉은 양귀비」 전문

발칸의 오랜 내전은 "잔악한 인종청소" 과정과 "건물 벽 총탄 자국"으로 남았다. 그 갈등과 비극의 원인은 "신들의 이기심"과 "다름을 인정치 않는" 사람들 사이의 배타적 적의敵意에 있었을 것이다. "서로 다른 신이 세운 눈부신 땅"에서 적이 된 이웃은 짐승처럼 울부짖으며 "포연에 휩싸인 발칸"을 초래했던 것이다. 시인은 이러한 참상이 과연 "신들이 진정 바란 인간을 위한 진리인가"를 묻는다. 마치 흰 산에 뿌려진 양귀비처럼 점점이 뿌려진 핏자국이야말로 신음과 망각 속에서 어리석은 역사를 쌓아간 그네들의 역사를 감각적으로 이미지화해 준다. 신들의 도구가 되지 말고 그들에게 고개 숙이지 말라는 시인의 외침은 그때 "난해한 문장들"(「암호 해독」)처럼 우리의 심장을 훑고 지나간다. 지극한 난제難題이지만 '발칸의 붉은 양귀비'가 치러온 역사의 비극을 돌아보면서 또 그 사이로 엄연하게 피어오를 평화의 꽃을 대망하는 시인의 품과 격이 느껴진다.

이렇게 두마리아 시인은 변두리 혹은 이역의 타자들이 겪어온 경험적 생태학을 아스라하게 그려낸다. 그 형상들은 추상적이고 포괄적인 담론에 머무르지 않고 구체적인 사회적 타자성을 형성하고 확장해 간다. 이러한 시편들은, 비록 소리 높여 말하지는 않지만, 그 어느 언어들보다 더욱 우리 시대의 사라져 가는 장면들을 선명하게 증언해 준다. 물론 시인의 시선이 꼭 비관적인 것만은 아니다. 때로 시인은 그 가녀린 힘을 옹호함으로써 연민의 가능성을 적극적으로 실천하고 있으며, 더러는 더 큰 스케

일로 신성한 것의 의미를 우리에게 묻고 있기 때문이다. 그렇게 아름답고 애잔한 서사의 인화印畵 과정이 두마리아의 시조를 이루는 하나의 기둥으로 우뚝하다.

7. 생명의 속성이자 원리로서의 서정

말할 것도 없이 시조를 포함한 서정 양식은 이성이 그려내는 화려하고도 눈부신 문명의 외관을 고분고분 인준해 주는 언어가 아니다. 오히려 그것은 삶의 이면이나 심층을 반성적으로 바라보면서 문명이 지워버린 대안의 모형을 상상적으로 구성해 가는 저항성을 띤다. 그리고 '단일한 주체'의 확고부동한 신념보다는 '복수의 타자'가 경험하고 깨달아가는 '다른 목소리the other voice'가 한껏 경험적 선도鮮度를 높이기도 한다. 두마리아의 시조는 이러한 목소리를 온몸으로 발화함으로써 자신의 시조집에 그 미학적 지평을 한없이 확장해 가고 있다. 이러한 경험과 깨달음을 통한 타자의 목소리 발현은 그의 시조에서 단연 폭넓게 나타나는 속성인 셈이다.

혼돈과 폐허의 시대에도 우리는 여전히 서정시를 쓰고

읽는다. 가장 미약한 서정시를 가까이에 두고 안쓰럽게 서로 마주 바라본다. 그것은 서정시야말로 우리가 잃어버린 근원적 사유와 감각을 탈환하고 그 안에 원초적 통일성을 부여하는 유력한 언어 형식이기 때문일 것이다. 우리 삶에서 원초적 통일성을 발견하면서 시원始原의 형상을 구축하려는 것 역시 서정시의 중요한 미학적 충동 가운데 하나일 것이다. 두마리아의 시조는 우리가 살아가면서 쌓아온 그러한 충동과 열망을 속 깊은 언어로 기록해 간다. 우리가 이러한 시간을 '시적 순간'이라고 명명할 수 있다면, 그의 첫 시조집은 바로 그것을 환하게 드러내면서 암시하는 범례範例라고 해서 틀릴 것은 없을 것이다.

결국 우리는 그의 시조를 통해 오랜 기억 속에서 명료하게 되살리지 못했던 시간들을 순간적 긍정의 마음으로 체험해 간다. 좋은 서정시가 하는 일일 것이다. 두마리아는 인간이 인위적으로 정해놓은 경계나 표지를 지우고 자신만의 자유로움을 그려가면서 순간적 광휘를 횡단해 가는 '꽃'과 '피'의 시인이다. 그 '꽃'과 '피'의 형상이야말로 우리가 상실한 생명의 속성이자 원리로서의 서정이 맡은 궁극의 몫이기도 할 것이다. 이번 시조집 간행을 마음 깊이 축하드리면서, 이렇게 완결성 있는 다양한 음역音域의 성과를 세상에 내놓은 첫 순간을 기억하면서 시인이 더 넓고 깊은 차원으로 도약해 가는 쪽빛 시심의 순간들을 우리에게 한없이 보여주기를 희원해 마지않는다.

시가 피다

—

초판 1쇄 2022년 6월 1일
지은이 두마리아
펴낸이 김영재
펴낸곳 책만드는집

—

주소 서울 마포구 양화로 3길 99, 4층 (04022)
전화 3142-1585·6
팩스 336-8908
전자우편 chaekjip@naver.com
출판등록 1994년 1월 13일 제10-927호
ⓒ 두마리아, 2022

—

—

ISBN 978-89-7944-804-7 (04810)
ISBN 978-89-7944-354-7 (세트)